मनवा बेपरवाह

अक्षनंदन मिश्र "अक्षय"

रोहिणी, दिल्ली –110089

पहला संस्करण : 2020

ISBN : 978-93-89984-25-5

प्रकाशक
प्रखर गूँज प्रकाशन
एच – 3/2, सेक्टर – 18 ,
रोहिणी, दिल्ली –110089
011-27851059, 7982710571, 7838505899

मूल्य : रू 200/-

शब्द संयोजन एवं आवरण : प्रखर गूँज प्रकाशन

Manwa Beparwah
by
Akshnandan Mishr 'Akshay'

Published by
PRAKHAR GOONJ PRAKASHAN
H-3/2, Sector-18, Rohini
Delhi – 110089
Email : prakhargoonj@gmail.com
sinha.neelu123@gmail.com
011-27851059, 7982710571, 7838505899

समर्पण

मेरे आदरणीय गुरुदेव डॉक्टर ओमप्रकाश दुबे जी

(प्रो. शासकीय स्नात्कोत्तर महाविद्यालय देवरी सागर)

को यह पुस्तक सादर समर्पित है।

भूमिका

सेवा का अर्थ हैं, देने की शक्ति। चिरकाल से ही मनुष्य ने इस भाव को अंगीकार कर अपने जीवन को कृतार्थ करने हेतु प्रयास किये, किन्तु वर्तमान परिपेक्ष में हमारा समाज मतान्ध होकर इस भाव को भूलता जा रहा है।

इसी सेवा भाव को आत्मसात करते हुए हमारे लेखक महोदय ने मानव द्वारा सामाजिक जगत में निर्वहन करते हुए उद्दीप्त संचारी भावों तथा व्याप्त आदर्शों की दिशा में जो सारगर्भित साहित्य गढ़ने का प्रयास किया उसकी तुलना पराग से की जाये तब भी अनुचित न होगा।

महोदय ने इस किताब में जीवन के प्रत्यक्ष पहलुओं तक पूछने की चेष्टा की हैं जो स्पष्ट रूप से नैतिकता का बोध कराती है।

मनुष्य के जीवन काल के अनुभव व विभिन्न संबंधों पर लेखनी की स्पष्ट झलक है।

आपकी स्पष्ट, निर्णयात्मक व विशेषयोक्ति शैली के माध्यम से कथ्य को नए ढंग से सृजित करने का प्रयास किया है।

आपका

अनुराग मिश्रा

देवरी जिला सागर

मध्य प्रदेश

क्रम तालिका

मनवा बेपरवाह

भौतिक उपलब्धियाँ

हमने साधनों को
या भौतिक उपलब्धियों
को पाया है या नहीं
यह बात इतनी मायने
नहीं रखती जितना कि
यह बात कि हमने
साधनों को पाया
कैसे है क्योंकि यदि
हमारा माध्यम
पवित्र है तो
ये उपलब्धियाँ हमें
अलग ही तरह के
सुकून से भर देंगी
अन्यथा हम साधन
और भौतिक वस्तुएँ तो
उपलब्ध कर लेंगे
लेकिन अपनी
आत्मा के सुकून को
हमेशा–हमेशा के लिए
खो देंगे!

निस्वार्थ कर्म

आप अपने लिए
एक छोटा–बड़ा काम
जरूर चुन लें,
जो आप दूसरों
के लिए
कर रहे हो।
और यह काम
आपका निस्वार्थ भाव
से होना चाहिए,
और काम के बदले में
आप कुछ भी न
लें रहे हो।

सुख और प्रसन्नता

सुख वस्तुओं से
मिलता है, साधनों से
मिलता है,
जबकि प्रसन्नता
एक अनुभव है,
एहसास है जो
हमारा आंतरिक
भाव है।

आनंद

आनंद पाने के
बहुत आयाम हैं
कोई आनंद को
शराब के प्याले में
पाता है!
कोई आनंद को
अपने आपको
कर्म में, काम में
डुबा देने में
पाता है
कोई आनंद को
दूसरों को
लूटने में पाता है
कोई आनंद को
अपने–आपको
लुटा देने में
पाता है!

आँसू

दूसरों की आँखों में
यदि हमें
आँसू दिखे तो
हमारी आँखों में
कुछ तो नमी
आनी चाहिए हमें उदासीन नहीं
होना चाहिए!

प्रेम और परोपकार

जिस व्यक्ति के जीवन में
प्रेम व परोपकार
नहीं है
ऐसे व्यक्ति का जीवन
पशुओं के समान है।
अर्थात जो देह
प्रेम व परोपकार से
शून्य है,
या प्रेम व परोपकार से
पुलकित नहीं है,
ऐसा व्यक्ति
मनुष्य कहलाने के
लायक नहीं हैं।

वस्तुओं में उलझा मन

जब तक हमारा मन
भौतिक वस्तुओं में, निर्जीव वस्तुओं में
उलझा रहेगा
तब तक हम
आंनद को
आसानी से
नहीं पा सकते।
जब सभी कामनाएं
इच्छायें, व असंतुष्टता
शांत हो जाएगी
तब इसे इसका
असली ठिकाना
मिल जायेगा!

स्वार्थ और परमार्थ

अपने सुख दुःख की
गिरफत में
आ जाना
स्वार्थ है
जबकि दूसरों के
सुख–दुःख की
गिरफ्त में आना
परमार्थ है!

विष और अमृत

दूसरों को अमृत
देने के लिये
जो खुद
हलाहल तक
विष तक पहुंचे
अपमान का घूँट
पीकर लोगों का
हित कर दे
वास्तव में वही
शिव है
वही शंकर है

तुलना

यदि तुलना करनी है
तो करो उस
व्यक्ति के कर्म से,
उसकी खुशी से,
उसकी शांति व
आनंद से।

असभ्य गतिविधि

सभ्य लोगों की
सबसे असभ्य
गतिविधि है
गप्प बाजी करना
यानी बेमकसद और ढंग से
बतियाते रहना।

सच्चा आनंद

मुझे सच्चा आनंद
इस बात में
निहित मालूम
पड़ता है कि किसी आदमी को
वह काम करने को
मिल जाये,
जो वह करना
चाहता है!

सुख और ख़ुशी

जब व्यक्ति को
भौतिक उपलब्धियाँ
हासिल हो गई हों
तो उसे
सुखी और ख़ुशी
के अंतर को
समझना निहायत ही
ज़रुरी है!

प्रकृति का न्याय

हम जो कुछ भी,
जितना भी और
जैसा भी देते है
ठीक वही
हमारे पास
लौट कर आता है
जब हम दूसरों को
सुख बाँटते हैं तो
हमारे पास सुख
लौटकर आता है!
फिर जब हम
दुख बाँटते हैं
तो भला
सुख लौटकर
कैसे आ सकता है!

इच्छा और अपेक्षा

हम अपने जीवन में
इच्छाओं के कारण
उतने दुखी नहीं होते
जितने कि अपेक्षाओं के
कारण होते हैं!
अपेक्षाओं के कारण
होने वाला दुख
इच्छाओं के दुःख
से कई गुना
अधिक होता है!

महल

महलों में सुख
और आनंद
नहीं है!
सुख और
आनदं है
व्यक्ति के
कर्म में!

जीवन का उद्देश्य

जीवन का उद्देश्य है
दूसरे का हित
और दूसरे के
हित से प्राप्त
अलौकिक आनंद!

आंतरिक उपलब्धियाँ

बुद्धि से, तर्क से हमें
बाहरी उपलब्धियाँ
मिलती हैं
जबकि ह्रदय से
भावों से हमें
आन्तरिक उपलब्धियाँ
मिलती हैं
और ये आन्तरिक
उपलब्धियाँ किसी
भी मायने में
बाहरी उपलब्धियों से
कम या छोटी
नहीं होती!

रिश्ते

जीवन में न तो पद
और न ही पैसा
इतने महत्वपूर्ण हैं
जितने आपसी रिश्ते!
हम पद को
भोगते हैं
जीते नहीं हैं
पैसा भी
भोगने की
वस्तु है
जीने की नहीं
जीने का
आधार हैं रिश्ते!
हम रिश्तों को
जीते हैं
और यदि हमें
अपने रिश्तों में
गहराई देनी हैं
तो निश्चित रूप से
इसके लिए समय
देना पड़ेगा–!

गीता का सार

गीता का सार है
कि कर्म ही
पूजा है!
और निष्काम कर्म या
निस्वार्थ भाव से
किया गया कर्म
ही सच्चा
सन्यास है!

प्रकृति का स्पर्श

प्रतिदिन कुछ वक्त
गीत–संगीत को
ज़रुर दे!
स्वयं को प्रकृति से
जोड़ने का कोई भी मौका
हाथ से न
जाने दें!
प्रकृति हमारे अन्दर
सरलता व् सहजता
लाती है!

सौंदर्य और आकर्षण

सुंदरता या सौन्दर्य
हमें प्रकृति
प्रदान करती है जबकि आकर्षण
हमारे हाव–भाव
चेहरे की मुस्कराहट
देखकर उत्पन्न
होता है

धन और ज्ञान

धन होने से
व्यक्ति धनवान
होता है
किन्तु ज्ञानवान
नहीं होता!

दाम्पत्य जीवन

दाम्पत्य जीवन को
मधुर बनाने
के लिए
न तो धन की
आवश्यकता है,
न ही आलिशान
कार की और
न ही आलिशान
मकान की!
पति–पत्नी के बीच
अन्तः करण में
प्रेम की भावना
रहनी चाहिए!
यह पारस्परिक
प्रेम रूपी अमृत
आपके घर को
स्वर्ग बना देगा!

समस्याएँ

जिन्दगी में
केवल दो ही
बड़ी समस्याएँ हैं
भूख और
बीमारी!

दिनचर्या

आप अपनी दिनचर्या
को यदि
खुशहाल बनाना
चाहते हैं
तो आप
एकदम सुबह
उठना शुरू
कर दीजिये!
और फ्रेश होकर
पेड़—पौधों के बीज
घूमना शुरू कर दीजिये!
सुबह का खुले
हृदय से
स्वागत कीजिए!
और पक्षियों की
चहचहाहट सुनिए!

बादलों की आकृतियाँ

क्या आपने कभी
बादलों के गोलों
की बनती–बिगड़ती
आकृतियों पर
कभी गौर
किया है!
लगाइए एकाध
घंटा लगातार
उन्हें निहारने में
आनंद आ जाएगा!

माफी

आपके साथ कोई
क्या कह रहा है
इस बात पर
ध्यान दिए बिना
दूसरों को
माफ करते जाइये
बदले में आपका
ह्रदय प्रेम से
लबालब हो
जायगा!

महत्वाकांक्षा

आज चारों ओर
इस बात का
खूब शोर–शराबा है
कि सपने देखो
खूब सपने देखो
और ऊँचे–ऊँचे
सपने देखो
सपने देखना
बुरी बात
नहीं होती
यह अच्छी ही
होती है
लेकिन महत्वाकांक्षा में
एम्बिशन में
निति, नियम, संबंध
भावना तथा स्वास्थ
आदि किसी बात का
ध्यान नहीं
रह जाता, और
महत्वाकांक्षा की
अति गिराती है!

क्या मिला पाकर

जब ऐसी स्थिति
आती है
कि केवल
हम ही हम
रहते हैं,
तब उस एकान्त से
उस अकेलेपन से
घबड़ाने लगते हैं
आखिर महाभारत का
युद्ध जीतने के बाद
विजेता पाण्डवों को
क्या मिला!
अंततः वे सभी कुछ
छोड़–छाड़कर
हिमालय पर
चले गए थे!

जिम्मेदार

जितने जल्दी हो
हमें इस बात को
समझ लेना चाहिए
कि अपनी
हर स्थिति के लिए
हम खुद ही
जिम्मेदार
होते हैं!

पवित्र कार्य

निस्वार्थ भाव से
किए गए
पवित्र काम
जिनका मोल
पैसों जैसा भी
नहीं होता!
हमारे पास
लाखों–लाखों
गुना होकर
लौटते हैं!

भय और जीवन

अल्फ्रेड नोबेल को
अकेलापन खाने को
दौड़ता था!
और वे हमेशा
इस बात से
भयभीत रहते थे
कि लोग उन्हें
मार डालेंगे
क्या आपको
लगता है कि
इस मानसिकता से
ग्रस्त किसी भी
आदमी का जीवन
एक शानदार
जीवन हो
सकता है!

विवाह

विवाह मूलतः
दोनों के
अधूरेपन को
पूरा करने वाला
एक संबंध है
और इसमें आधिकार
जमाने की भावना
से ऊपर उठकर
एक– दूसरों के प्रति
समर्पण की भावना
होनी चाहिए।

दूसरों के लिए

जो अपने लिए
नहीं करते
यह ब्रमाण्ड, यह प्रकृति
उनके लिए करती है
और जो केवल
सिर्फ अपने लिए ही
करते रहते हैं
उनके लिए जीवन
की सच्चाई यह है
कि वे खुद के लिए
भी कुछ नहीं कर पाते।

आस्था

जो व्यक्ति
आस्थावान होते हैं
या जो व्यक्ति
आस्था का जीवन
जीते हैं, उनका मन
शांत रहता है
और प्रसन्न भी।
और जिनमे आस्था
नहीं होती, उनमें
फरस्ट्रेशन होती है।

सच्चा सुख

जब हम दूसरों के
सुख में
अपना सुख
ढूंढ़ने लगते हैं
उसी क्षण समझ
लेना चाहिए
की हमे सच्चा सुख
मिल गया है।

स्वपीड़क और परपीड़क

संसार में दो
तरह के
लोग होते हैं

१. स्वपीड़क–पीड़ा अपने
लिए सुख दूसरों
के लिए–1 अपने को
दुःख देकर दूसरों को
सुख पहुँचाना।
उदाहरण –ऋषिमुनि, संत।

२. परपीड़क – दूसरों को
दुःख देकर
सुख का अनुभव
करने वाले लोग।

धन का गणित

कोई व्यक्ति जैसे ही
लोभ की धन की
लपेट में आता है
उसकी प्रवश्त्तियों का
पतन होना
शुरू हो जाता है
वह स्वार्थी
बनने लगता है
धन कमाने के
सिवाय उसका मन
और कही नहीं लगता।
दूसरों से उसके संबंध
खराब होने
लगते हैं।
उसका विवेक
कमजोर पढ़ने
लगता है।
वह क्रोधी होता

जाता है और

उसे बात–बात में

चिड़चिड़ाहट आने

लगती है।

कर्म

कर्म तीन प्रकर
के होते हैं
सात्विक, राजस व तामस

१. फल की इच्छा
से रहित
जब व्यक्ति
कर्म करता है
तो इसे
सात्विक कर्म
कहते हैं।

२. फल की इच्छा व
अहंकारी बुद्धि के
साथ किया
जाने वाला कर्म राजस कर्म
कहलाता है।

३. मोहासक्त होकर

विवेक शून्य ढंग से
किये जाने वाले
कर्म को तामस
कर्म कहते हैं।

डायरी

आप अपने पॉकेट में
बटुआ रखते ही हैं
ऐसे ही आप
अपने पॉकेट में
२० पश्ष्ठों की
छोटे साइज की
एक पतली सी
डायरी भी रख लें।
यह ज्यादा जगह
नहीं घेरेगी,
इसकी कीमत भी
दो रूपये से ज्यादा
नहीं होगी,
लेकिन आपके
लिखने से
यह बेशकीमती
हो जाएगी।

कबीर और रैदास

कबीर जुलाहे थे
कपड़ा बुनते थे,
लेकिन उनके
जीवन का
एक पल भी
आनंद से
रीता नहीं था।
रैदास चर्मकार थे
जूते बनाते थे
लेकिन आनंद से
लबालब रहते थे।

प्रशंसा

हर व्यक्ति अपनी
प्रशंसा चाहता है
यहाँ तक कि
जो दूसरों का
अपमान करता
रहता है
वह भी खुद की
प्रशंसा चाहता है।
भगवान भी
एक–दूसरे की
प्रशंसा करते हैं।
उदाहरण के लिए
धन्य हैं भगवान आप
आपकी लीला अपरम्पार है
आपके सिवा अन्य कोई नहीं।

अहोभाव

जो व्यक्ति
वासना से
भरा हुआ है
वह व्यक्ति
शिकायतों से भी
भरा होगा।
और जो व्यक्ति
प्रेम का जीवन
जी रहा है,
वह अहोभाव से
भरा होगा,
धन्यवाद के भाव
से भरा होगा।

पिता और पुत्र

आज कल लोगों की
अपने बेटों से
दुश्मनी है।
विदेशों में यदि
है भी तो
नहीं के बराबर।
साथ में वे
रहते नहीं हैं।
उनकी अपनी
जिदगी है।
होंगे आप पिता,
तो क्या हो गया,
कोई एहसान
कर दिया
आपने हम पर,
इसके बदले हम भी
पिता बनकर किसी पर
एहसान करके
हिसाब–किताब
बराबर कर देंगे।

प्रेम और प्रदर्शन

प्रेम सार्वजनिक प्रदर्शन
की वस्तु
नहीं है
बल्कि यह तो
एहसास है
एक दूसरे के प्रति
सम्मान और
समर्पण है।

संवेदना

संवेदना मनुष्य का
एक सर्वोत्तम
गुण है,
क्योकि इसी के
गर्भ से सेवा और
सहयोग का जन्म
होता है।
सेवा मनुष्य की
उच्चता का
मापदंड है, तो
सहयोग स्वस्थता का।
और ये सब
मिलकर ही मनुष्य के
पूर्ण व्यक्तित्व का
निर्माण करते हैं।

स्वार्थ से परमार्थ

मनुष्य की सबसे बढ़ी
उन्नति है
ईश्वर हो जाना
और सबसे गहरा
पतन है
अपने को
पांच हाथ की
देह में सीमित
मान लेना
पहला परमार्थ है
दूसरा स्वार्थ
मनुष्य का कार्य है
स्वार्थ से परमार्थ
की ओर बढ़ना।

स्वार्थी मनुष्य

जिनकी आत्मा
सुप्त हो संवेदनहीन हो वे
लालची 'बेईमान'
अनैतिक अधर्मी
व स्वार्थी
होते हैं
वे अपने
सुखों के लिए
किसी भी तरह
साम–दाम' 'दंड'
भेद का उपयोग कर
परिस्थिति को
अपने अनुकूल
बना लेते हैं।

चैतन्य आत्मा

जिसकी आत्मा
चैतन्य होती है
वह संसार के
छल छदम में
फसकर दुख
पाता है
संसार उसे मूर्ख
समझता है
किन्तु वह अपनी
समझदारी का
प्रमाण नहीं देता।

ज्ञान और डिग्रियाँ

शिक्षा का संबंध
ज्ञान से नहीं है।
डिग्रियाँ हैं,
बच्चा पढ़ना लिखना
सीख जाये और
सांसारिकता को
समझने लगे।
वर्तमान में सफल
जीवन के गुण
सीख जाएँ।
एक सफल व्यवसायी
बन सके, किसी भी
तरह से रुपया कमाकर
धनाढ्य की श्रेणी
में आ जाए
यही शिक्षा सार्थक है।

मरने लगते हैं

अगर हम करते नहीं
कोई यात्रा
अगर पढ़ते नहीं कोई किताब
अगर सुनते नहीं
जीवन की ध्वनियाँ
अगर करते नहीं
किसी की तारीफ
तो हम धीरे धीरे
मरने लगते हैं।

साधू का स्वभाव

साधू आक्रमक
नहीं होता।
उसे गाली भी दोगे
तो वह तुम्हें
गाली नहीं देगा।
बल्कि तुम्हारे
कल्याण के लिए
कोने में बैठकर
रो लेगा।
वह अपने
स्वभाव से विरुद्ध
कुछ नहीं
कर सकता।

आत्मप्रशंसा

आत्मप्रशंसा मनुष्य की
एक स्वाभाविक प्रवशत्ति है।
और अपनी प्रशंसा से
प्रसन्न होने की वशत्ति
मनुष्य में
स्वाभाविक होती है
पर इस वशत्ति के
वश में होकर
यहाँ तक बढ़ जाना
कि हम अपनी
प्रशंसा स्वयं
करने लगें,
जीवन की और
हमारे चरित्र की
एक हीनता है।

पति वियोग

जहाँ तक
स्नेह और
नाते हैं,
पति के बिना
स्त्री को सभी
सूर्य से भी
बढ़कर तपाने
वाले हैं अर्थात
पति के
वियोग के समान
जगत में कोई
दुःख नहीं हैं।

सच्चे संत

जिनमें न तो काम
न तो क्रोध,
न तो मद,
न तो अभिमान
और न ही
मोह है
न लोभ है
न क्षोभ है
न द्वेष है
वास्तव में
संत है।

वश में करना

आदर (सम्मान)
दान (परोपकार)
तथा
विनय (विनम्रता)
से हम किसी
को भी
वश में
कर
सकते
हैं।

कामदेव

जो त्रिशूल वज्र
और तलवार
आदि अंगों पर
सहने वाले हैं
वे भी
रतिनाथ कामदेव के पुष्पवाण से
मारे गए हैं।

प्रेम और विश्वास

जब प्रेम
फैलने लगता है प्रेम का विस्तार
होने लगता है
तब प्रेम
धर्म बन
जाता है
और इस
धर्म का सार
दान है
परोपकार है।

मौन

मौन से करुणा का
जन्म होता है
और
करुणावान व्यक्ति
धीरे–धीरे मौन
होता चला
जाता है,
निरूशब्द हो
जाता है।

जीवन का पथ

जीवन का सच्चा पथ
यही नहीं है
कि जो हमें
प्राप्त नहीं,
उसके लिए
हम रोते रहें।
जीवन का सच्चा पथ
यह है कि
जो हमें प्राप्त है
उसे पहचाने,
उसे अपने अनुकूल बनायें
उसमें रास लें
और संतोष
का सुख पायें।

कानून और जीवन

कानून है
शब्दों की बहस
और
जीवन है
भावनाओं का उपवन।

चरित्र

आज अगर
आसानी से नष्ट
किया जाने वाला
है तो वह है
चरित्र।
इस अर्थ प्रधान
दुनिया में
मुख्य मुद्दा
अर्थ है
चरित्र नहीं,
आदर्श नहीं,
नैतिकता नहीं
धर्म नहीं,
हाँ अर्थ के
लिये इन सबका
सहारा लिया
जाता है।

रिश्ते और धन

संसार की
विचित्र गतिविधियाँ देखकर
हँसी आती है।
दया आती है।
लोग आपसी दरारें
(रिश्तों की, संबंधों की)
को भरने के लिए
अर्थ का सहारा
लेते हैं।
सोचते हैं कि
अर्थ की
चमक–दमक में
दरारें छिपाई
जा सकती हैं।

सुधारक का मार्ग

सुधारक के पथ में
कितनी बाधाएं
उपस्थित होती हैं
और उन सबको
पार करने लिए
विरोधियों को अपना
मित्र बनाने के लिए
उन्हें कितने
धैर्य और प्रेममय
जीवन की आवश्यकता
पड़ती है, विरोधी को
नीचा दिखाने, बदला लेने
आदि की हिंसक भावनाओं से
अपना नहीं बनाया जा सकता।

बड़ा आदमी

बड़ा आदमी वह
नहीं है
जिसके पास धन है
जिसके पास पद है
जिसके पास प्रतिष्ठा है
बड़ा आदमी वह है
जिसका हृदय बड़ा हो।

कोरे भाषण

पाठ याद करना
जितना सरल है
उसे जीवन में उतारना
उतना सरल नहीं।

अभिमान

अभिमान में अंधा
इंसान धन यौवन
बुद्धि और सत्ता के
अभिमान में
इतना अंधा हो
जाता है कि
उचित–अनुचित उसे
कतई नहीं सूझता
जब उसे
कुदरत की ओर से
ठोकर लगती है
तभी उसके
हिये की आँख
खुलती है।

जीवन की सार्थकता

किसी के लिए मर मिटना
यही तो जीवन की
सार्थकता है
सहृदय और स्वार्थी
संसार की ओर
देखता रहता है।

लक्ष्मी का गणित

लक्ष्मी को जितना पूजो
उतना ही दूर भागती है
और जितना ही ठुकराओ
या दान करो
उतना ही चिमटती है।

आत्महत्या

श्रद्धालु की दृष्टि में
या एक संत, परोपकारी
की दृष्टि में
आत्महत्या मुक्ति है
और कानून की,
तार्किक की दृष्टि
में आत्मघात।

प्रेम और विश्वास

प्रेम और विश्वास
दोनों का
अटूट नाता है
जहाँ विश्वास होता है
वहाँ प्रेम होता है और जहाँ
प्रेम हो जाए
वहाँ विश्वास उपन्न
हो जाता है।

प्यास

प्यासा मनुष्य
पाप और पुण्य का
नैतिक–अनैतिक का
धर्म–अधर्म का
अंतर भूल
जाता है
प्यास मनुष्य को
निर्लज्य बनाती है
आत्मसम्मान खो
जाता है
प्यास मनुष्य को
कमजोर बनाती है।

प्रेम की प्यास

व्यक्ति को
ऊँचा उठाती है
और लोभ, अहंकार
पद की प्यास
व्यक्ति को
नीचे गिराती है।